KB130198

사랑은 작은 집에서

안규복安圭復

강원도 원주 출생
이화여자대학교 국어국문학과와 동 대학원, Chabot College에서 수학
한국방송윤리위원회에서 근무하다가 1978년에 도미
전 북가주 New Heaven Unified 교육구에서 근무
미주중앙일보 신인문학상 시조(2006), 미주한국일보 문예공모전 자유시
(2007)로 등단
현재 미주한국문인협회 시조분과위원장, 재미시인협회 시인교실 담당
현재 LA 근교 오렌지 카운티 거주
kbahn02@hotmail.com

사랑은 작은 집에서

—

초판 1쇄 2021년 8월 20일
지은이 안규복
펴낸이 김영재
펴낸곳 책만드는집

—

주소 서울 마포구 양화로3길 99, 4층 (04022)
전화 3142-1585·6
팩스 336-8908
전자우편 chaekjip@naver.com
출판등록 1994년 1월 13일 제10-927호
ⓒ 안규복, 2021

—

—

ISBN 978-89-7944-771-2 (04810)
ISBN 978-89-7944-354-7 (세트)

책 만 드 는 집　시인선 178

사랑은 작은 집에서

안규복　시조집

책만드는집

저편 건너로 시간의 열쇠를 던져둡니다.
떠나지 않는 기억이
나이 먹지 않는 기억을 불러 모읍니다.
그 이야기를 적나라하게 전할 수 있기를
기다려왔습니다.
막상 원고를 정리하면서 들여다보니 아쉽지만,
목적지는 새로워져야 할 것을 찾기 위한
끊임없는 몸짓.

미국 이주 후로 오랜 시간이 흘렀으나,
나의 의식 세계를 관통해 온 것은
모국어이며 시조였음을 읽습니다.
아늑하고 재미있습니다.

한글 시조로든 영어 시조로든 경험의 번역자로서
벙그는 꽃봉오리를 봅니다.
설레고 반가운 일입니다.

모든 것이 허락된 지금,
저편 건너로 발걸음을 재촉합니다.

오렌지 카운티에서

안규복

| 차례 |

2부

3부

4부

1부

'금문교'*에 와서

문득 물이 길이었음을 '금문'에서 보았네
흘러와 낯선 벼랑에 부딪혀 무너지고
무너져 자유가 되어 다시 일어나 가는 파도를

푸른 서슬 길을 따라 바다로 간 사람들
파도 첩첩 첨병을 넘는 싱싱한 갈기였네
죽음과 날개의 고리 바꿔 묶은 철탑 한 채

* Golden Gate Bridge. 샌프란시스코 상징물 중의 하나로서 세계
최초의 현수교. '실현 불가능한 꿈'을 이룬 다리로, 불가사의한 현대
건축물 중 하나로 알려져 있음.

스미다

땀꽃으로 물든 옷에
어른거리는 무늬

지문을 찍어놓고
입국했다 떠나려는

이방인 표류기 같은
안부 묻는 눈짓 같은

민둥산 이미지에 숨을 곳은 드물어
위의 맑은 하늘로 뒷걸음질 치는 마음이
가던 길 멈추지 말고 문신 안료처럼 머금기

부레옥잠 조용한 사랑

닻 내린 쪽배에서 밤새도록 마음 풀다

둥둥 떠나기로 홀가분 빈 나루터

둥두렷 달로 떴다가
햇빛 고일 때까지

굽은 손가락

마지막 숨 거두기에 좋은 곳 드마니시 강가
깨다 만 풋잠처럼 한 조각 아이 화석
모래알 죽음 사이로 백만 년이 숨바꼭질

지층의 파본 움킨 구부러진 손가락
나무를 기어오른 증거라는데, 닿았을까
모두 간 다른 세상에, 바람꽃 새와 함께

좌판대 앞 할머니의 굽은 손가락에 물어보네
열매와 주린 짐승 살던 곳 멀리 떠나
내 뼈가 그릴 초상화 울고 있을까 웃고 있을까

아메리칸 퀼트 이야기

마음은 밀밭 지나 병영에 가 있는 여인들이
전쟁 기금 바자회 퀼트를 꿰맨다
숫돌에 곱게 간 바늘로 젊은 전사자의 이름을

기다림의 악몽 속에 여인들은 듣는다
지옥을 떠나는 박쥐처럼 패잔병도
떠도는 작별의 손짓 쌓여 우는 바람 소리

가본 적 없는 전쟁터에 불침번을 서는 밤
불타던 촛불이 쓰러져 울던 방을 나가
아들이 먼 먼 곳으로 떠날 때 신은 신발

신발 모양 바늘집 퀼트에 씌어진 말
'억압받는 자들을 짓밟지 마라
우리의 바늘 끝으로 노예 소유주의 양심을'*

* 『아메리칸 퀼트』(휘트니 오토 지음)에서 따옴.

수련

물 위에 아슬아슬
패러슈트 떠 있다

가라앉는 날개의 춤
수면의 과묵에 젖다

머물고 사라지는 일에
복종 않는 중간지대

겨울 산악도

바람에 날려갈세라 촘촘히 얽힌 힘줄
천상의 바람 속에 산맥이 불끈 솟다
기름기 쏙 빼고서야 삭혀낸 저 기상

발자국 소리마저 눈 속에 스며들고
말 비운 산들의 정수리가 맑아진다
길 아닌 길을 비우고 서늘해진 산줄기

일흔일곱 번 넘어져도

날마다 넘어져도 앓으면 벼슬한다고
밥도 굶어보고 마당도 쓸어보다가
넘어져 나 잘못했구나, 털고 일어날 수밖에

구월에 방갓 쓴다고 떠날 날 기별 받아
넘어져 젖은 멍에를 길 위에 벗어놓네
오래전 떠난 마음은 문마다 연꽃무늬

구부렁 구부렁길 구부렁 절하면서
돌멩이 하나 주워 가슴에 품고 감은
아직도 남은 뉘우침, 마음길을 닦는 일

파업

바닷물 유리창에 환히 불 켠 마천루
장터의 노랫소리 물결 따라 가버렸다
버려진 철근 더미에 붉은 녹 꽃피는데
펄펄 끓는 쇳물 같던 사내들은 보이잖고
수만 갈래 길을 모아 저 피안을 건너가며
서로를 꽉 끌어안은 강철근 붉은 팔뚝

그는 동사다 눈 내리는 저녁에

이토록 눈부시던 한낮의 끝이 어둠이라니
죽음의 소식을 백묵으로 쓰던 저녁
캄캄한 백색의 숲엔 저리 환한 지상의 꿈

휘날리듯 날아가듯 한 생이 다녀갔나
넝쿨 잎 인연 못 잊어 가지마다 얼음꽃
솟구쳐 눈꽃밭 위로 공중에 걸린 동사

즐거웠던 기억으로 어둠을 지우면서
떠나기를 재촉하네 멈출 줄 몰라 하네
가슴에 미처 못 들어간 꽃불 하나 날아가네

주름

춤추다 잠시 앉은 그대로 그 자리에
아코디언 주름상자가 희미한 곡조로
느릿한 문을 열면서 잔상 조금 남겼네

잔줄 접힌 손으로 치마 주름 펴주다가
그대 생각 어루만져 고이 다시 접어두네
축축함 다 날려 보내고 화인火印으로 남은 그대

딸기밭 시인詩人

아침 햇살 높다라니 온 세상에 퍼졌는데도

빨간 딸기 덥석 문 채 달팽이 숨지 않네

취한 꿈 떠날 줄 모르고 그곳에 그는 사네

달의 얼굴

빙하 녹은 자리에
작은 섬 드러나고
얼음 다시 얼지 않아
그 섬이 게 있다면
귀 맑게 트이는 물결로
그 이름을 부르랴

분화구 터뜨리던 그 얼굴 아물면
엇갈린 시선으로라도 세월을 마주하랴
봄이면 노란 리본 숲을 벗어날 수 없었다

안개 속에 묻어놓은
마음속 부처의 부름
그 속에 일으켜 세운
누이 얼굴 떠오른다
여객선 녹슨 손잡이
아직도 잡고 있나

청동 사자 향로

영정 앞에 웅크린 청동 사자 세 발 향로
불구덩이 헤쳐 왔나 가물가물 휘는 연기
저마다 검게 탄 가슴에 향불 피워 사른다

하늘로 두 손 벌린 기도 품새 손잡이로
검댕이 낀 몸 안에는 삭혀 묻은 잿더미
그 속을 헤쳐 나온 다리 세 발 정鼎 자 당당하다

검의 길劍道

한 목소리 길을 내어 마음을 떠나려고
새벽안개 골목길 공터가 흔들린다
허공을 난도질하는 군무의 손발짓

단 한 끗 겨냥 아래 칼끝 꺾인 분쇄의 쾌감
부동의 벅찬 기세 정수리에 못 박힌다
다 비워, 견딜 수 없는 것
사라지던 한 순간

2부

터 무늬를 읽다

헐린 집이 부려놓은 가구를 고른다
폐자재인 줄 알았더니 생뼈 같은 날의 기억
창틀이 액자가 되어 이민의 날을 다듬는다

눈 감은 듯 눈 뜬 듯 남루하게 누운 것들
누렇게 된 문서들과 뒤축 접힌 신발 사이
발자국, 붉은피톨처럼 왁자하고 환하다

살아서 오고 가며 열고 이은 내력들
벽 문을 열 때마다 그 무늬가 새겨 있다
모르는 노래를 처음 배워 부를 때처럼

요셉 무료 의원

허름한 벽돌 건물 벽 곳곳에 틈이 있다
그 틈에 천 원짜리 꽃처럼 꽂혀 있다
허투루 보면 안 되는 햇빛 마음 스며 있다

소주와 담배 찌든 옷 냄새 밀려오고
발 모양대로 늘어나고 걷는 대로 주름진 신발
그 신이 밟은 문턱에 천 원짜리 꽃 지지 않는다

고흐의 대게*

앞으로 나가고자 했으나 옆걸음만 친
게 다리 한 쌍이 대칭으로 마주 섰다
엉키고 엇갈리면서 창날처럼 세워 들고

기다림, 아우성을 묻었지 침묵 속에
서로의 단단한 등판을 마주 대고
비린내 부글거리는 시장터에 누웠지

물을 수 없는 것들 그려볼 수 없는 것에
저 멀리 어른거리는 파랑파랑波浪 그림자
진분홍 큰 게 한 마리 접시 위에 몸을 괴다

* Van Gogh, 〈A Crab on its Back〉.

지나가다

잘 펴진 길들은 어디로나 열려 있어
마주 오다 비켜 가는 슬픔도 있었다지
가슴속 밭두렁마다 흙먼지가 일던 봄

지나온 뒷길도 가야 할 앞길도
첩첩이 가로막은 산맥만 보이더라
끊어진 한 토막길은 숲속으로 흩어지고

우거져 길 없는 숲 먼 데서 물 든네
굴신의 뿌리 뻗어 어딘가 더듬던 길
잎사귀 다 지고 나니 폭포 너머 길 보이네

새하얀 갑옷 입고 팔 벌려 가로막는
나뭇가지 사이로 낮게 깔린 눈바람이
마음에 쌓았던 돌담 하나하나 허문다

첫 마을 올베라 거리*에서

비 내려 판초 두른 지붕 아래 서 있는 날
나성강 밤물결이 귀밑머리 풀어 흐르는 날
따스한 아빌라 어도비 화덕 앞에 앉고 싶은 날

오렌지 마거리타 노을로 잠기는 곳
빈 들판에 오두막집 소 키우며 농사짓던
첫 마을 이 거리에서 듣는 먼 고조할아버지 목소리

무화과 열매 속에 씨앗으로 꽃 피는 곳
거리를 가로질러 와 쪽잠 드는 노동자들
아무도 토큰 임금에 불평하지 않는 곳

* Olvera Street. 로스앤젤레스에서 가장 오래된 거리.

잠실 민화

뽕나무에 올라온 닭 벌레 잡다 잠을 자고
새도 와서 놀다 가는 품새 너른 잎사귀 집
꾸지뽕 오디나무 아래 손톱 밑이 까만 아낙

물 같은 손목 잡아 보리갱죽 건네주던
옛 사진 속에 웃는 얼굴 끝내 눈물에 갇히는데
예까지 따라온 새소리, 재봉틀 지그재그 소리

물풀

물속에 뿌리 내린 냇가 물풀 되었으면
부도 직전 회사처럼 옮긴 것들 풀어놓고
사람들 물장구 속에 흘러가도 좋겠네

푸른 실로 엮어 내린 드렁칡 출렁다리라면
발걸음 비 내리는 누항을 헤매다가
차라리 밟혀도 좋고 어쩌면 그렇게

별비를 맞는 저녁

여름밤 시냇물에 어리어 흘러가며
빛나던 남두육성은 누굴 위해 유성이 되나
긴 수염 휘날리면서 마지막 걸음 어디인가

덮개 구름 열린 사이 거문고자리 직녀별
검은 들판 지나며 푸른 등불 내걸 때
평생의 약속 새기듯 눈길 오래 뜨겁다

곶감

밤새 이슬 맺히거든 포도시 먹고 살제

비 한 방울 못 받아도 안 죽고 사는 바위마냥

곶감은 옷을 잘 입어야제 서리 내리듯 허옇게

개개비의 노래

얼마나 가볍길래 흔들리는 갈대에 앉아
얼마나 비우려고 백련 꽃대 위 좌선인가
빈 교각 허공에 기대 불 밝히는 꽃등처럼

갈대 사이 매단 둥지엔 탁란한 자의 슬픔과
뻐꾹 어미 가뭇없는 행려의 깃털 조각
갯바람 들이닥쳐서 누군가도 입양 위탁했다지

잠자리 찾아 헤쳐 가던 갈대숲에 다시 서면
늘 푸른 마음 위로 날아다니는 개개비 소리
마지막 칸타타 속에 한여름이 어룽진다

소나기

어제도 씻었는데 오늘도 비가 오네
사람들 재채기에 침 묻은 몸을 씻네
오동잎 넓은 수건에 빗자루 든 소나기

긁히고 상처 입은 잎새를 어루만져
키가 쑥쑥 자라나는 그리움의 실루엣
연보라 꽃봉오리는 씻지 마라 봄날엔

프리다 칼로* 가시나무꽃

고난이 피운 꽃을 자화상으로 그린 여자

프리다, 한 생애 평화를 갈망하지 않았으니 고통이
었다고 말하지도 않으리 쓰러진 그대 척추를 관통했
던 자동차 쇠창살은 그저 그 자신의 학살이었을 뿐,
퍼즐 조각 맞추듯 조립된 뼈들의 집 으스러진 육신
이 목숨 건 절규로 낭자하게 꽃핀 그 여자의 그림은
침대 위 천정에 피어난 가시나무꽃, 검게 탄 나무는
모서리에서 자라나고 강철 콜셋이 조여둔 것은 피
흐르는 자궁이 아니었어라 기형의 그대 자궁이 품지
못한 아기들, 리베라의 흰 백합꽃을 수없이 피워내도
그대 방황하는 몸을 떠나 덜컹대는 바람문을 여닫던
그 남자 너무 늦게 돌아와서 가시나무꽃이 되었네

사랑이 변하지 않기 위해 마냥 변해가듯이

* Frida Kahlo. 멕시코 여류 화가.

42

동피랑

벼랑 밑에 집 하나쯤 세워놓고 올라갈까
투명한 바닷물에 일렁이는 섬을 품고
펼쳐진 진수성찬에 낚싯대나 내려볼까

바다가 들썩이고 쓰나미가 온다 해도
사람이 되고파서 천 년을 헤엄쳐 온
심장이 파도인 소녀에게로 가출이나 해볼까

말뚝에 대한 기억

쉬이 돌아 오랬건만 나아갈 길 어디인가
군홧발에 짓이겨져 붉은 꽃물 낭자한
제단 위 방 안에 누운 어린 양을 보았는가

소녀들의 일터라던 한 칸 방 군화 제조공장
고맙다, 살아냈던 총칼 앞 놀이판에
유카타 한 장의 이불, 치욕을 덮은 목숨이여

울음도 죄가 되어 목맨 순이 매단 말뚝
연병장 한가운데 대못으로 박혀 서서
꺾인 몸 붙들어 세워 잊지 말라 대침 놓네

언 발이 짚어 내린 위안소 층층 계단
죽도에 찢긴 다리 절며 절며 가고 있네
보내도 보낼 수 없는 돌아올 수 없는 길을

바랜 광목 하늘 아래 묻히고 흩어져도
쫓겨 가던 군대가 쏜 천 개 종의 울음소리
천 개의 별들과 만나 우는 죄 없는 밤을 가리

오징어 입

마침표 같기도 한
쉼표 같기도 한
하루를 마쳤으니
오! 이제 쉬어 가자고
저녁답
좌판 위에 누운
동그랗고 새까만 입

3부

사랑은 작은 집에서
– 화가 이중섭의 제주도 집

온 식구 옹기종기 손잡고 잠들었다가
솜 햇살 숨소리에 눈 뜨는 아침이면
남덕아, 가만히 불러 눈 맞추던 단칸방 집

쪽빛 바다 바라뵈는 쪽마루나 앞마당에
소라 껍질 밥그릇 멍석 위에 상 차릴 때
파도는 물고기 비늘 뿌리며 무지개로 내달렸지

아이들은 무릉도원 새들처럼 지저귀며
알몸으로 백사장서 게들과 놀다가
허기로 가벼워진 몸은 별로 총총 떠올랐지

바람 한 점 없어도 그리우면 길 나서고
바람 한 점 풀어주면 어디서건 춤판이고
사랑은 작은 집에서 이렇게 나누는 거라고

소생蘇生

부스스 낡은 붓털 먹물 자국 흐릿해도

다시 먹물 묻히면 깊은 명상 깨어나

한 세상 산천초목을 그려낼 듯 그윽해

다리 없는 다리를 건너

금문교는 공중그네, 햄릿에겐 다리가 없네

머리 위 뜬구름만 붙들고 서 있을 뿐

다리가 없는 다리* 위 공중을 꽉 붙들고

* The Golden Gate Bridge has no legs.

괘종시계

해 솟고 달이 돋는

멀리 떠난 스무 살

네 발길 다리 건너 외곽을 맴돌더라

세상의 가장자리서 소리 공양 올리더라

둥근 추 가슴을 쳐 숙연하게 울 때면

발자국 소리마다 인동초로 피는 시간

걸어라, 밟는 순간이 어디로든 길이다

이민 뻐꾸기의 아메리칸 풋볼* 관람기

  나의 영웅은 외로울수록 좋다 가시밭길을 헤쳐나
갈수록 더욱더 좋다

  예전부터 나는 그곳에 없었다 내 집으로부터 멀리
떠나야 한다 먼 적진을 향하여 온갖 장애를 뚫고 가
야 한다 내 알을 뺏기지 말고 적의 둥지에 안착시켜
라 매의 눈이 불타고 사자의 앞발톱이 공기의 허파
를 찌른다 늪지를 헤쳐나가는 물갈퀴 소리뿐,

  누군가 쓰러지고
  다른 몸이 달려 나가고
  나의 유니폼은 맹렬과 집념
  나의 면류관은 땀방울로 꿴 푸른 포도알
  하늘엔 터지는 폭죽
  집으로부터 나는 멀다

* American football.

53

지리산 참회나무

초록 터널 무너지고 손톱 꽃도 지고 난 뒤
해인사 산 중턱에 지팡이 된 선객 있지
목에 건 '참회나무'란 이름표가 이정표

새벽종 소리가 폭설 위를 쓰다듬고
망망한 바다 멀리 배고픈 물고기들
대웅전 처마 끝에서 차라리 육탈할 때
몽골의 말발굽 소리 희미하게 들려오면
삭풍에 매를 치며 오열하는 참회나무
대장경 그 뜻을 품어 해인海印에 드는 아침에

시리아 난민의 말문을 넘어

헐벗은 줄 모르는 벌거숭이 소년들이
루비 튤립 피어나는 폭탄 속을 헤맨다
갈대는 구부러지고 들판은 시들었다

청맹과니 버리고 온 빈집의 이야기들
목숨 건 피난 보트에 석양처럼 남았는가
지중해 어둔 물굽이에 설핏설핏 풀어둔다

눈망울 글썽이며 잔주름 짓던 바다
모래톱 어린 주검의 찬 이마를 쓰다듬곤
파도들 뛰고 있었지 몰려가며 또다시

겨울 모란 오다 줄리아*

남쪽 나라 열도에서 눈꽃 속에 꽃 피네
그 모란엔 잎이 없네 몸 가릴 그늘도 없네
함박눈 백기 펼쳐놓고 죽음 딛고 꽃 피네

꽃 필 때 거기 아무 열매는 볼 수 없네
외롭게 순교하던 유배지의 왕녀처럼
맨발로 무너지면서 모란눈이 내리네

* 조선 출신의 일본 가톨릭 성녀.

초록을 향하여

한겨울 녹나무에 앉고 싶은 새가 난다

베어져 배 밑바닥 관이 되는 그 나무에 기선의 깃
발처럼 펄럭이는 이름들, 호곡號哭은 물결로 톱니 잎
을 흔들어 밑그림 없는 세상 메아리로 살아도 그 안
에 품은 새순이 등 푸르게 비벼 여는 시간에 소리의
끝을 따라 집 참새도 어깨 위에

한 채의 암자가 되어 초록 물에 잠기네

골목길

눈썹지붕 아래로 낮아서 더 가깝다

지하 창문 흔들다가 떠난 사람 아득하다

막돌로 쌓은 담장에 푸슬푸슬 흙이 지네

고개 돌려 지나던 노숙자 움막 옆

싸락눈 내린 날엔 지린내도 싸한 향기

아서라, 배고픈 사람 그 무슨 죄라더냐

인스턴트

냉동 밥 랩에 맺힌 물방울의 해동은
가사 상태를 지나온 가냘픈 희망의 신호
빅뱅은 너무 뜨거워 너를 견딜 수 없어

충분히 기다리자 가슴께 성운 하나
파도 속 물방울들 조등처럼 내걸릴 때
눈보라 함박 쓰고서 너에게로 가는 길

분수 그래프

취해서 흔들리며 바람 속을 걷다가
물로 엮은 동아줄을 힘껏 높이 흔들다가
불현듯 삼키고 뱉어낸 생각들을 넘나들다

하늘 높이 솟았다가 정한 물길 그 아래
징검다리 밟아 가던 어스름한 저녁에
넘어진 그 자리에서 두 손 짚고 일어나기

글라디올러스*

날렵한 잎을 뻗어 무사의 검이 되려나

불꽃 가득한 몸을 밀고 나온

몸 푸는 꽃의 해산을 도운 핏물 든 손가락

* Gladiolus,

메트로 센터 환승역

이랑 긴 전광판이 어둠 헤쳐 뜨는 사이
주황색 흐린 등불 땅속 동굴 지킨 사이
깃 접는 재두루미들 승강구로 모여든다

주저앉지 않으려고 맞잡은 두 벽 사이
빈칸을 채워가듯 찾아가는 개찰구
희망의 환승 통로에서 사람들은 나부낀다

깨어져 허공이 된 빈 곳의 경계 속을
뱀처럼 기어가네 지하철에 몸을 싣고
더 오래 살아남을 자 그렇게 기는 법

목공 木工

태풍에 떠내려온 바닷가 나뭇조각
부술 것 다 부서져 단단한 것만 남아
스스로 절벽이 되어 흘러가는 날이 있다

마음 풀린 들풀은 이리저리 누워 있고
마른 붓 든 나무줄기 뼈와 살을 매만져
지나간 시간 속에서 오랜 상처 아물어

바람 차지 않은 물가 바위에 걸터앉아
내 안의 벗을 만나 혼자 놀며 즐겁다
지은 지 얼마 되지 않은
오래전의 사람을 모신 몸

4부

팬터마임

지팡이 든 떠돌이가 부싯돌 켠 고백이다
입가에 띤 미소는 말 없는 메아리
가슴 위 시계 속으로 유폐되는 최면놀이인가

동전의 양면 같은 세상살이 탁본인가
발 꼬이는 실수마다 점입가경 반전인데
피에로, 장미꽃 입에 물고 너는 울고 나는 웃고

침묵이 고여든 얼음의 무덤 위로
이유 모를 폭소를 터트리는 관객들아
인생은 웃지 않으면 비극이 된단다

웃음은 눈부신데 갈피갈피 눈물 맺힌
왕피천 오뚝이로 한 생을 밟아가면
속삭임 여울지면서 모든 꿈은 아름답다

씨름

허리를 낚아채여

비틀댄 그 순간이

모래펄에 깊이 박힌

두 발을 뺄 때인 걸

뭇별도 빨아들이는

블랙홀을 떠날 때다

가지치기

풀꽃 따라 부지런히 봄은 짧게 지나고
애써서 꽃대 올린 나날은 흩어졌다
사소한 이야기들만 가지 끝에 매달렸다

마음 둘 곳을 칼끝으로 비집어
새순을 올려봤다 상처 더 크게 남았다
상처를 매일 삼킨다 아픔을 먹이 삼아

꽃무릇 메마른 입술 겨울비에 부풀면
밤귀가 더 밝아진 뿌리는 튼실해진다
이제는 가지를 쳐낼 때,
파랗게 움튼 잎눈

벽시계

언제나 같은 보법 정해진 길 걷지만
사는 법 분명한 내 아버지 잔영이다
세파를 따라 돌아도 뜻은 높이 세우던

닫힌 문 떠난 걸음 저 멀리 앞만 보며
쓰나미 얼룩진 벽도 홀로 높이 걸어서
최고로 연속 촬영된 아버지의 점프 컷

'기적의 나무'*라고 불리우는

다투어 달려오던 검은 파도의 모반
갈밭 마을 지우고 여백마저 옮겨놓다

외홀로 묵언 정진 하듯 푸른 소나무 한 그루

천지 사방 묵정밭 허방 앞에 설 때면
마음속에 옮겨 심은 그 나무가 서 있네
부름켜 푸른 닻 문신으로 일어서는 그 나무

* 2011. 3. 11. 후쿠시마 쓰나미에서 유일하게 살아남은 한 그루 소
나무.

검은 노새

목화밭 두렁에서 '노새'를 부른다면
땡볕 아래 구슬땀 피부 검은 노예란 옛말,
엉클 톰, 노새로 부른 옛말처럼 든든해

주인의 발치에서 시린 발 데운 화툿불이
노예의 몸이었단 말 뒤에 숨은 죄
새벽녘 폭설 쏟아질 즈음 인내 끝에 꿈틀대

쟁기를 끌 때처럼 바위 산맥 넘나들며
가다가 못 간 길에 마바리꾼 등짐 지듯
오늘도 은광촌 가는 청노새의 방울 소리

길 소묘素描

점자문 숨은 꽃에 타관 땅은 닿아 있어

오가는 새들처럼 점자 모아 찍어 날라

봇짐 푼 발자국 위엔 피멍울 진 꽃망울

웃는 예수

나뭇결에 패인 주름
우는 듯 웃는 얼굴

촘촘한 못 자국이
십자가에 길을 내어

마침내 다 이루었다,
하늘 못 고요에 들다

코로나 블루 4월

작고 작고 얕은 이것아
어디까지 내려가려느냐
도망쳐 숨은 곳이
매달린 절벽인 게
붐비던 광장 거리가
텅 비고야 보인다

모였거나 모이는 물결을 헤쳐봐도
매복한 점령군은 울음터도 남기지 않아
흰 장막 폐에 스미는 허무는 더 쉽다

하룻밤에 아홉 번 강을 건너도 빈 집
목구멍 붉은 가시 밤새워 집을 짓고
'다음에 다시 오시오'
전광판은 남겨둔다

한 마디

내 마음 해안가서 숨죽이던 화산 터져
뜨거운 마그마는 물속 나라 휘저었네
그 불씨 불의 고리에 불을 지핀 말 한 마디

바닷속 산사태로 쓰나미로 밀려와도
산이 있어 더 높던 물속의 하늘빛은
만조에 물더미 높인 사리 있어 더 푸르네

겨울 수문가에서

엄동의 수문 근처 유리 꽃 여울 무늬

꽝 꽝 언 얼음장 속을 기어코 흘러와서

수문 앞 흘러 돌면서 만년설을 녹인 소리

절룩인 걸음마다 얼음 위에 피운 꽃

하마 녹지 마라 새파랗게 빛나는 눈眼

날마다 흘러넘친 사랑 말이 거짓이라 하여도

뜬소문

열었다 닫으면서 어긋난 문걸쇠 밖

손만 대도 움찔 떠는 미모사 잎새 접듯

두 귀가 거둬들이는 바스락 잎사귀 소리

유리 피리

찬비를 피해주던 처마가 사라졌다
창과 문도 벽이 되어 유리벽 속에 들다
하나씩 열고 내다보는 유리창에 성에 낀다

빌딩 위로 날개 치는 바람 소리 쟁한데
바람이 열어주는 소리의 길 투명하다
뻐꾸기, 푸른 점이 되어 온종일 울어댄다

박석 밟기

근정전 거친 돌이 햇빛을 튕겨낸다

햇빛 암만 밝아도 고개 숙여 받자올 뿐

온종일 왕의 말씀이 눈부시지 않구나

선셋 거리*에 저녁 비가 내리면

멀리서 달려오는 산탄총 빗소리에
야자수가 팔을 뻗어 감싸 안은 거리 위로
놀란 듯 가로등 불이 깜빡깜빡 피어난다

삼나무 그림자는 거대한 흑인 댄서
요란한 머리 장식 뒤흔들며 춤을 추면
일어나 뛰어다니는 거리의 환영들

열렬한 구애처럼 퍼붓는 빗속으로
혼자서 걸어 걸어 찾아가는 길 끝에서
도시는 노란 전등불 밝힌 커다란 까페가 된다

* Sunset Street.

정형 안에 담긴 사랑의 마음과 역사의 기억

유성호 문학평론가 · 한양대 국문과 교수

1. 안정된 언어적 의장과 다양하게 확장해 가는 목소리

안규복의 시조집 『사랑은 작은 집에서』는, 오랫동안 시인 스스로 마음에 온축해 놓은 서정적 고백을 정성스럽게 담아낸 인생론적 축도縮圖라고 할 수 있을 것이다. 안규복 시인은 이국異國에서의 오랜 생활을 통해 자신만의 유다른 경험과 기억을 풀어놓되 거기에 '시조'라는 최적, 최량의 형식을 결속해 내고 있다. 그 점 하나만으로도 그녀가 이민문학 전체 지형에서 차지하는 위상은 매우 오롯하고 크고 중요하다. 이제 우리는 안규복의 시조로

하여 미주에서 활동하는 많은 시조시인들이 더욱 소망스러운 지표를 얻어가게 되기를 바라는 마음을 가지게 된다.

우리가 보기에 안규복의 시조를 감싸고 있는 주된 속성은 평명한 언어적 의장意匠에 다양하게 확장해 가는 목소리가 담김으로써 생성되어 간다. 대상을 향한 지극한 사랑과 그리움, 자신의 고유한 기억에 구체적 형상을 입혀가는 예술적 역량, 지나온 공동체적 역사를 투시하는 밝고 굵은 시선, 이민자로 살아가면서 느끼는 섬세한 떨림의 정서, 삶과 죽음이라는 원초적 세계에 대한 사유와 감각 등으로 그 언어는 다채롭게 구성되어 간다. 적막하면서도 역동적이기 그지없는 그녀의 내면 풍경은 이처럼 정갈하고 심미적인 눈길을 통해 존재론적 결핍을 치유하는 상상적 매개물이 되어주고 있다. 이제 그녀가 고유한 정형 미학 안에서 노래하는 사랑의 마음과 역사의 기억 안으로 천천히 한 걸음씩 들어가 보도록 하자.

2. 선명한 이미지를 통해 들여다보는 시간의 깊이

원래 '기억'이란 주체의 자기동일성을 순간적으로 회

복하는 움직임이자 적극적이고 창조적인 시간적 구성 기능을 견지해 가는 운동이기도 하다. 개인의 인성 형성이나 학습 결과가 유년 시절의 경험에 결정적 영향을 받는다는 것이 정신분석학의 정설임에 비추어 볼 때 서정시는 이러한 기억 작용을 통해 가장 원초적인 자아를 회복하려는 강한 의지를 담고 있는 경우가 많다고 할 수 있을 것이다. 안규복 시인은 오랜 기억에 각인되어 있는 근원적 가치를 현재로 소환하여 그것을 순간적으로 회복해 가는 열망을 보여줌으로써 이러한 서정시의 직능을 충실하게 수행해 간다. 강렬하게 빛나는 기억의 역동성이 그 저류底流에 면면히 흐르고 있지 않은가. 먼저 다음 작품을 읽어보자.

문득 물이 길이었음을 '금문'에서 보았네
흘러와 낯선 벼랑에 부딪혀 무너지고
무너져 자유가 되어 다시 일어나 가는 파도를

푸른 서슬 길을 따라 바다로 간 사람들
파도 첩첩 첨병을 넘는 싱싱한 갈기였네
죽음과 날개의 고리 바꿔 묶은 철탑 한 채

－「'금문교'에 와서」 전문

시인은 Golden Gate Bridge라는 표지標識를 바라보면서 한때의 기억을 떠올린다. 그녀가 금문교에서 바라본 것은 장대한 스케일의 오랜 시간의 지층이었다. 시인은 여기서 '물'이 '길'의 역할을 해준 기억을 토로하고 있는데, 특별히 금문교에서 바라본 파도는 어디선가 흘러와 "낯선 벼랑에 부딪혀" 무너지기도 하지만 스스로 다시 자유가 되어 일어나 가기도 한다. 푸른 서슬 길을 따라 "바다로 간 사람들"은 아마도 "파도 첩첩 첨병을 넘는 싱싱한 갈기"로 남아 저렇게 "죽음과 날개의 고리 바꿔 묶은 철탑한 채"로 스스로를 각인했을 것이다. 사실적으로 보자면 금문교는 "공중그네"(「다리 없는 다리를 건너」)의 형상을 하고 있지만 시인의 내면 깊이 들어갈수록 '바다' 이미지를 포괄하는 싱싱한 갈기로써 새로운 '길'을 열어가는 모습으로 몸을 바꾸어간다. 그러한 선명하고 아름다운 이미지는 다음 단시조 작품에서도 아름답게 나타난다.

부스스 낡은 붓털 먹물 자국 흐릿해도

다시 먹물 묻히면 깊은 명상 깨어나

한 세상 산천초목을 그려낼 듯 그윽해
　－「소생蘇生」전문

　'붓'과 '먹'의 상관성을 통해 존재의 '소생' 과정을 노래
한 깔끔한 작품이다. 낡은 붓에 먹물 자국이 흐릿해질 때
다시 먹물을 묻히면 깊은 명상에서 깨어나는 것처럼 시
인은 스스로의 소생력을 얻어간다. 그걸 두고 시인은 "한
세상 산천초목을 그려낼 듯 그윽해"지는 순간이라고 규
정하였다. 마치 "바람이 열어주는 소리의 길 투명"(「유리
피리」)하게 비치듯, 안규복 시조에서 이미지의 선명함은
그 자체로 견고하고 섬세하고 융융하기만 하다. 이처럼
안규복 시인은 결핍과 불모의 기억을 수습하고 거기 견
고하게 결정結晶된 상상력을 발화하는 면모를 띠고 있다.
뭇 존재자들의 슬픔을 불가피한 존재 형식으로 노래하면
서도 다른 한편으로는 지상의 존재자들을 따뜻하게 감
싸 안는 크나큰 품을 보여준다. 그렇게 그녀는 오랜 풍경
과 기억을 섬세하게 결속해 내면서, 중심으로부터 지워
져 가는 존재자들을 복원해 낸다. 이는 그녀가 한결같이

약하고 소외된 존재자들을 깊이 옹호하는 마음을 가지고 있음을 알려주는 사례일 것이다. 따라서 우리는 그녀의 시조가 앞으로도 한편으로는 구체적인 기억의 리얼리티로, 한편으로는 대상을 향한 지극한 연민과 사랑으로 간단없이 퍼져갈 것을 강렬하게 예감하게 된다.

3. 존재론적 기원과 지나온 날들에 대한 애틋한 기억

그런가 하면 안규복의 시조는 존재론적 기원origin에 대한 기억에 바쳐지기도 한다. 이때 시인이 집중적으로 목소리를 발하는 미학적 범주는 자신의 기원에 관한 장면이나 사연들이다. 그 의식의 바닥에는 스스로 겪어온 원체험이 담겨 있는데, 무의식 안에 숨겨진 원체험은 시인이 선택하는 언어와 생각에 큰 영향을 끼치게 된다. 안규복 시인은 존재론적 기원을 환기하는 원체험을 끊임없이 찾아내고 변형하여 자신만의 동일성을 마련해 간다. 여기서 원체험을 구축하는 데 시인의 남다른 기억이 활발한 매개 역할을 하는 것은 자연스러운 일일 것이다. 원체험과 파생적 경험을 매개하는 기억이야말로 그녀만의 호

환할 수 없는 자산이 되어준 셈이다. 그 구체적 형상이 먼저 '아버지'로 나타나고 있다.

> 언제나 같은 보법 정해진 길 걷지만
> 사는 법 분명한 내 아버지 잔영이다
> 세파를 따라 돌아도 뜻은 높이 세우던
>
> 닫힌 문 떠난 걸음 저 멀리 앞만 보며
> 쓰나미 얼룩진 벽도 홀로 높이 걸어서
> 최고로 연속 촬영된 아버지의 점프 컷
> ―「벽시계」 전문

여기서 '벽시계'는 아버지의 생애를 함축하는 은유적 등가물로 등장한다. 아버지와 벽시계는 "언제나 같은 보법"이 닮았고 나아가 "정해진 길"만 걷는 유사성도 지녔다. 그렇게 벽시계는 세파를 따라 돌아도 뜻은 높이 세우던 아버지, "사는 법 분명한 내 아버지"를 잔영殘影처럼 보여주는 구체적 형상으로 다가온다. 시인의 밝은 눈에는 "닫힌 문 떠난 걸음"의 앞만 멀리 보이지만, 벽시계가 얼룩진 벽을 홀로 높이 걸어 촬영된 "아버지의 점프 컷"으로

다가오기도 하는 것이다. 특별히 jump cut은 비약과 급전急轉을 함축하는 용어라는 점에서 아버지의 삶을 상징적으로 보여주는 매개물이 된다. 그렇게 아버지는 '벽시계'와도 같은 균형과 절제 속에서 "발자국 소리마다 인동초로 피는 시간"(「괘종시계」)을 넘어 "축축함 다 날려 보내고 화인火印으로"(「주름」) 남아 계신다. 다음은 어떠한가.

헐린 집이 부려놓은 가구를 고른다
폐자재인 줄 알았더니 생뼈 같은 날의 기억
창틀이 액자가 되어 이민의 날을 다듬는다

눈 감은 듯 눈 뜬 듯 남루하게 누운 것들
누렇게 된 문서들과 뒤축 접힌 신발 사이
발자국, 붉은피톨처럼 왁자하고 환하다

살아서 오고 가며 열고 이은 내력들
벽 문을 열 때마다 그 무늬가 새겨 있다
모르는 노래를 처음 배워 부를 때처럼
　－「터 무늬를 읽다」 전문

시인은 집이 헐리면서 밖으로 나온 가구에서 "생뼈 같은 날의 기억"을 발견한다. 그것들은 단순한 폐자재가 아니라 "이민의 날"을 새삼 낱낱이 보여주는 시간의 매개자이다. 이민의 나날을 한 땀 한 땀 기록하고 있을 "눈 감은 듯 눈 뜬 듯 남루하게 누운 것들"에서 시인은 "누렇게 된 문서들과 뒤축 접힌 신발 사이/ 발자국"을 환하게 바라본다. 그 안에는 "살아서 오고 가며 열고 이은 내력들"이 빼곡하게 들어차 있고, 마치 모르는 노래를 처음 배울 때처럼 새롭게 다가오는 시간이 있다. 살아왔던 터의 문양紋樣이 시인의 기억 속에 이리도 살뜰하고 아릿하게 남아 있는 것이다. 이러한 '터 무늬'의 영상은 "이방인 표류기 같은"(「스미다」) 기록에도 불구하고 새로운 나날의 표지를 암시해 주는 기능을 가지게 된 것이다. 그러니 그 무늬에서 "저 멀리 어른거리는 파랑파랑波浪 그림자"(「고흐의 대게」)를 바라보는 것도 자연스럽지 않겠는가.

두루 알려져 있듯이 서정시는 기억의 재구성이라는 특성을 견지하는 양식이다. 그만큼 삶의 다양한 경험을 다루게 되고 우리는 서정시가 수행하는 이러한 과정을 통해 삶의 근원과 궁극에 대한 특별한 상상을 치러가게 된다. 그리고 서정시가 환기하는 순간에 경험을 투사하면서 삶의 소로를 걸어가는 것이다. 그러니까 우리가 서정시를 쓰고 읽는 것은 우주적 원리나 역사의 흐름에 참여하는 일이기도 하겠지만 자신의 경험에 새로운 탄력을 부여하는 신생의 작업이기도 하다. 물론 그러한 작업은 지속성을 가지고 삶을 규율하기보다는 일상의 순환성에 충격을 가함으로써 자신을 반성적으로 바라보는 창조적 에너지를 부여하게 된다. 이때 그러한 신생의 순간을 '깨달음'이라는 말로 표현할 수 있다면 서정시의 중심 기능 가운데 하나는 바로 거기 있다고 해도 틀릴 것은 없다. 그만큼 우리는 안규복의 시조를 읽음으로써 존재론적 기원과 지나온 날들에 대한 애틋한 기억을 경험하게 되고, 나아가 인간의 근원적 존재론과 궁극적 지향에 가닿는 경험을 치르게 된다. 그녀의 기억이 깊고 아스라하고 또 심미적 구성력을 가지고 있는 것도 이러한 파생적 경험 가능성 때문일 것이다.

4. 사랑의 마음으로 가닿는 존재 긍정의 언어

다음으로 우리는 그녀의 시조를 통해 세상을 향한 넉

넉하고도 긍정적인 사랑의 마음을 훤칠하게 만나볼 수 있다. 시인은 자신을 둘러싸고 있는 세상을 향해 강한 긍정을 보내고 있는데 그만큼 그녀의 시조는 세상을 향해 던지는 사랑의 언어라고 할 수 있다. 이때 우리는 안규복 시조의 근원적이고 강렬한 에너지가 세상을 향한 긍정적 기억과 대상을 향한 가없는 사랑의 마음에 있다고 말할 수 있을 것이다. 더러 외롭고 높고 쓸쓸한 목소리가 나타나고 있지만, 안규복 시인은 그러한 정서조차 사랑의 언어로 바꾸어내면서 자신의 존재 형식을 고백해 간다. 결국 그녀에게 사랑의 마음이란 존재론적 고독 속에서 태어나 긍정의 기억으로 완성되어 가는 어떤 형질이 되어 준다. 사랑의 마음으로 가닿는 존재 긍정의 언어가 그 안에 있는 것이다.

엄동의 수문 근처 유리 꽃 여울 무늬

꽝 꽝 언 얼음장 속을 기어코 흘러와서

수문 앞 흘러 돌면서 만년설을 녹인 소리

절룩인 걸음마다 얼음 위에 피운 꽃

하마 녹지 마라 새파랗게 빛나는 눈眼

날마다 흘러넘친 사랑 말이 거짓이라 하여도
　－「겨울 수문가에서」 전문

　겨울 수문 근처에서 만난 순간이 "유리 꽃 여울 무늬"
로 그려지고 있다. 엄동에 '꽃'이라니? 여울에 떠오른 무
늬는, 오랜 '터 무늬'와는 달리, "꽝 꽝 언 얼음장 속을 기
어코 흘러와서" 온몸으로 끼쳐오는 강인한 형상을 하고
있다. 또한 시인은 수문 앞을 흘러 돌면서 "만년설을 녹인
소리"를 장엄하게 듣고 있다. 이렇게 '무늬'와 '소리'가 합
쳐지면서 겨울 수문가는 입체적인 감각의 향연을 열어가
고 있다. 나아가 시인은 물이 흘러오면서 "얼음 위에 피운
꽃"을 향해 "새파랗게 빛나는 눈"이 녹지 않고 "날마다 흘
러넘친 사랑"을 꿈꾼다. 사랑은 그렇게 누군가의 가슴에
"불을 지핀 말 한 마디"(「한 마디」)일 것이고 우리는 그 사
랑의 무늬와 소리를 따라 "마음길을 닦는"(「일흔일곱 번 넘
어져도」) 것이니까 말이다. 과연 사랑은 엄동을 지나, 새파

랗게 빛나는 눈으로, 날마다 우리에게 흘러넘치고 있다.

　온 식구 옹기종기 손잡고 잠들었다가
　솜 햇살 숨소리에 눈 뜨는 아침이면
　남덕아, 가만히 불러 눈 맞추던 단칸방 집

　쪽빛 바다 바라뵈는 쪽마루나 앞마당에
　소라 껍질 밥그릇 멍석 위에 상 차릴 때
　파도는 물고기 비늘 뿌리며 무지개로 내달렸지

　아이들은 무릉도원 새들처럼 지저귀며
　알몸으로 백사장서 게들과 놀다가
　허기로 가벼워진 몸은 별로 총총 떠올랐지

　바람 한 점 없어도 그리우면 길 나서고
　바람 한 점 풀어주면 어디서건 춤판이고
　사랑은 작은 집에서 이렇게 나누는 거라고
　－「사랑은 작은 집에서 - 화가 이중섭의 제주도 집」 전문

이중섭의 가족사를 서사적 얼개로 삼은 이 작품은 특

별히 그가 전쟁 후에 잠깐 살았던 제주도 서귀포 생활을 담고 있다. 이번 시조집의 표제작인 이 작품에는 이중섭이 '작은 집'에서 꿈꾸었을 사랑의 서사가 깊이 출렁거리고 있다. 시인은 이중섭이 살았던 서귀포 단칸방 집에서 온 식구가 옹기종기 손잡은 채 잠이 들고, 햇살이 비치면 눈을 떠 아내 이름 '남덕'을 고조곤히 불러보던 이중섭의 지극한 사랑의 성소聖所로 묘사한다. 그 사랑의 시간은 "쪽빛 바다"와 "소라 껍질 밥그릇" 혹은 "물고기 비늘"을 환기한다. 그곳이 바로 아이들에게는 '무릉도원'이었고, 이중섭이 그려낸 그림처럼 "백사장서 게들과 놀다가/ 허기로 가벼워진 몸은 별로 총총 떠"오른 순간이 아니겠는가. 그렇게 그곳은 한편으로는 '그리움'으로 길을 나서고 한편으로는 어디서건 '춤판'을 벌였던 '작은 집'이었던 것이다. "사랑은 작은 집에서 이렇게 나누는" 일임을 그와 가족들이 보여준 것이다. 사랑이야말로 우리를 밝히는 "꽃불 하나"(「그는 동사다 눈 내리는 저녁에」)이며 거기에는 "취한 꿈 떠날 줄 모르고"(「딸기밭 시인詩人」) 흘러간 오랜 시간이 있다는 것을 안규복 시인은 선연하게 보여주고 있는 것이다.

이처럼 안규복의 시조는 기억의 뿌리에 녹아 있는 사

랑의 흔적을 찾아가는 여로에서 써진다. 그 걸음은 시인 자신의 사랑의 마음과 깊이 연관된 시간을 하나하나 호출해 낸다. 늘 마주치는 풍경에서, 오랜 기억 속에 남은 인물의 삶에서, 그러한 사랑의 마음은 한결같이 그 시간들이 가졌을 법한 세세한 결들을 재현하고 그 안으로 번져간다. 그래서 그녀의 시조는 서정의 원형인 사랑의 원리에 의해 완성되고 있는 것이다. 물론 여기서 말하는 사랑의 마음이 단순한 대상 몰입이나 과거 지향에만 가치를 부여하는 퇴행적 행위를 함축하는 것은 아니다. 그것은 오히려 그동안 겪어온 시간을 원초적 형식으로 복원하면서도 그것을 현재의 삶과 적극적으로 연루시키는 행위 가운데 하나라고 할 수 있다. 애잔하고 아름다운 기억이 아닐 수 없다.

5. 삶과 죽음의 의미에 대한 옹호와 애도

안규복은 자신의 주위에 있는 뭇 사물들로부터 가장 근원적인 가치들을 불러내는 시인이다. 그녀는 인간의 가장 근원적인 삶의 흐름에 대해 깊은 사유와 감각을 보이면서 삶의 순간순간 얻어가는 과정을 노래해 간다. 이면에 캄캄한 깊이를 거느린 언어의 심연 속에서 사물과 인간이 공명하면서 그려내는 삶과 죽음의 파동을 그녀의 시조가 담고 있는 것이다. 이때 사물이나 사건은 제 몫의 물질성을 그대로 구비하면서도 인간의 삶에 어떤 지혜나 경험을 회복해 주는 상징적 장치로 변화해 간다. 물론 이러한 모습은 대상을 바라보는 시인의 태도나 관점에서 빚어지는 것이다. 인간의 극적인 삶과 죽음을 깊은 위안과 경이로 노래하는 작품들에 이르러 안규복 시인은 그러한 태도와 관점을 선명하게 드러낸다. 그 점에서 그녀는 삶과 죽음의 의미에 대한 옹호와 애도를 수행하는 근원적 가치의 시인으로 스스로를 개진해 간다.

눈썹지붕 아래로 낮아서 더 가깝다

지하 창문 흔들다가 떠난 사람 아득하다

막돌로 쌓은 담장에 푸슬푸슬 흙이 지네

고개 돌려 지나던 노숙자 움막 옆

싸락눈 내린 날엔 지린내도 싸한 향기

아서라, 배고픈 사람 그 무슨 죄라더냐
  -「골목길」전문

안규복 시인은 '골목길'이라는 좁은 삶의 공간에서 타
자들의 모습을 만난다. 그 골목길은 "눈썹지붕 아래"까
지 낮아져서 더 가깝게 느껴지고 "지하 창문 흔들다가 떠
난 사람"조차 아득하게 기억하게끔 해주는 비좁은 공간
이다. 거기서 만난 "막돌로 쌓은 담장"이나 "노숙자 움막"
이나 "지린내도 싸한 향기"는 골목길의 주변성을 여러 감
각으로 보여준다. 그러나 시인은 거기 삶의 흔적을 드리
운 이들을 정성스럽게 부조浮彫하면서 누구에게나 주어
진 자존自尊의 삶을 옹호하고 있다. 비록 "다 비워, 견딜 수
없는"(「검의 길劍道」) 공간일지라도 그곳에는 세상에 쉽게
"복종 않는 중간지대"(「수련」)가 남아 있기 때문일 것이다.

빙하 녹은 자리에
작은 섬 드러나고

얼음 다시 얼지 않아
그 섬이 게 있다면
귀 맑게 트이는 물결로
그 이름을 부르랴

분화구 터뜨리던 그 얼굴 아물면
엇갈린 시선으로라도 세월을 마주하랴
봄이면 노란 리본 숲을 벗어날 수 없었다

안개 속에 묻어놓은
마음속 부처의 부름
그 속에 일으켜 세운
누이 얼굴 떠오른다
여객선 녹슨 손잡이
아직도 잡고 있나
　-「달의 얼굴」전문

　안규복 시인은 오래전 '세월/노란 리본/여객선' 등의
기표가 떠올려 주는 죽음의 현장을 소환한다. "빙하 녹은
자리"에 드러나 여전히 남아 있는 "작은 섬"의 이름을 "귀

맑게 트이는 물결"로 부르고 있다. "달의 얼굴"처럼 분화구 터뜨리던 얼굴들이 아물거나, 엇갈린 시선 안으로 봄이 오면, "노란 리본 숲"을 벗어날 수 없었던 시인의 마음에 "안개 속에 묻어놓은/ 마음속 부처의 부름"이 다가온다. 자연스럽게 "그 속에 일으켜 세운/ 누이 얼굴"을 떠올리면서 시인이 가닿는 차원은 마치 "눈보라 함박 쓰고서 너에게로 가는 길"(「인스턴트」)에서처럼 "불꽃 가득한 몸을 밀고 나온"(「글라디올러스」) 애도의 기억에서 발원한다. "키가 쑥쑥 자라나는 그리움의 실루엣"(「소나기」)이 거기에 진하게 착색되어 있을 것이다.

안규복 시인은 우리의 기억에서 잊힐 법도 한 이들을 시조 안으로 불러들여 기억 속에 잠긴 시간을 공유하고 있다. 그래서 우리는 시간을 다스리면서도 뭇 생명들과 공존하려는 지혜를 그녀의 시조로부터 얻게 된다. 우리는 한 그루 나무를 자를 때에도 동티 날까 봐 걱정을 하고 땅속 생명들을 배려하여 뜨거운 물도 함부로 버리지 않으며 살아온 기억을 가지고 있다. 인간 이성이 발전되고 과학기술이 첨단을 달리게 되면서 인간은 생명을 경시하고 나아가 타자들을 지워가면서 거침없이 아름다운 마음을 허물어나갔다. 안규복 시인은 가장 근원적인 사유와 감각을 통해 주변화해 가는 존재자들의 삶과 죽음을 노래한다는 점에서 참으로 귀한 시조를 써가고 있다. 그리움으로 소환하는 가장 근원적인 가치들이 그 안에 출렁이고 있을 것이다.

6. 시적 경험으로서의 공동체적인 회감과 깨달음

앞에서 보았듯이, 안규복 시인은 타자들에 대한 섬세한 관찰과 형상화를 통해 삶과 죽음의 본원적 이치를 담아내는 품과 격을 지속적으로 보여준다. 시인은 이러한 사유와 감각을 통해 타자들에 대한 관심의 은유를 펼쳐가는데, 특별히 구체적인 역사 속에서 겪은 관찰과 경험을 매개로 하여 삶의 이법을 들려주는 작법을 줄곧 택하게 된다. 그러한 과정을 통해 시인은 스스로의 시적 수심 水深을 들여다보고 있는 것이다. 말할 것도 없이, 이러한 기율이 그녀의 시조로 하여금 회고적이거나 퇴영적인 감각에 머물지 않게 하는 원리가 되어주었을 것이다. 이때 그녀의 시조는 서정시의 소통 가능성을 한층 높이면서 역사적 타자들에 가닿는 과정을 아름답게 보여주게 되

고, 이때 차용된 소재들은 한결같이 공동체적인 회감回感
과 깨달음을 환기하는 상관물로 기능하게 된다. 그녀의
미더운 시선을 따라 우리도 이제 그 관찰과 형상화의 언
어에 동참할 수 있게 될 것이다. 시적 경험으로서의 공동
체적인 회감과 깨달음으로 한번 나아가 보자.

헐벗은 줄 모르는 벌거숭이 소년들이
루비 튤립 피어나는 폭탄 속을 헤맨다
갈대는 구부러지고 들판은 시들었다

청맹과니 버리고 온 빈집의 이야기들
목숨 건 피난 보트에 석양처럼 남았는가
지중해 어둔 물굽이에 설핏설핏 풀어둔다

눈망울 글썽이며 잔주름 짓던 바다
모래톱 어린 주검의 찬 이마를 쓰다듬곤
파도들 뛰고 있었지 몰려가며 또다시
　－「시리아 난민의 말문을 넘어」 전문

수십 만 명을 넘어선 시리아 난민의 역사는 지금도 진

행형인 국제적 비극이다. 가령 이러한 행렬은 "벌거숭이 소년들"조차 "폭탄 속을 헤"매게 만들고, '구부러진 갈대'와 '시들어버린 들판'으로 하여금 그곳 내전의 상황을 감각적으로 은유하게끔 한다. 시인은 "지중해 어둔 물굽이"에 남아 있을 "청맹과니 버리고 온 빈집의 이야기들"을 기록하고, 나아가 "모래톱 어린 주검의 찬 이마를 쓰다듬"는 바다를 부르면서 "시리아 난민의 말문을 넘어" 그들의 불행한 역사를 비추고 있다. 생명 존중의 지향을 선보임으로써 스스로 "대장경 그 뜻을 품어 해인海印에 드는 아침"(「지리산 참회나무」)을 열어간다. 말할 것도 없이, 거기에는 "평생의 약속 새기듯 눈길 오래"(「별비를 맞는 저녁」) 머무는 순간이 오래도록 남을 것이다.

쉬이 돌아 오랬건만 나아갈 길 어디인가
군홧발에 짓이겨져 붉은 꽃물 낭자한
제단 위 방 안에 누운 어린 양을 보았는가

소녀들의 일터라던 한 칸 방 군화 제조공장
고맙다, 살아냈던 총칼 앞 놀이판에
유카타 한 장의 이불, 치욕을 덮은 목숨이여

울음도 죄가 되어 목맨 순이 매단 말뚝
연병장 한가운데 대못으로 박혀 서서
꺾인 몸 붙들어 세워 잊지 말라 대침 놓네

언 발이 짚어 내린 위안소 층층 계단
죽도에 찢긴 다리 절며 절며 가고 있네
보내도 보낼 수 없는 돌아올 수 없는 길을

바랜 광목 하늘 아래 묻히고 흩어져도
쫓겨 가던 군대가 쏜 천 개 종의 울음소리
천 개의 별들과 만나 우는 죄 없는 밤을 가리
　－「말뚝에 대한 기억」 전문

　이번에는 아직도 우리의 상처이자 비극으로 남아 있는
이른바 '종군위안부'를 시조의 대상으로 삼았다. 위안부
의 역사는 '군홧발'과 '붉은 꽃물'의 대조, "제단 위 방 안
에 누운 어린 양"이라는 상징에 의해 재현된다. 소녀들은
"한 칸 방 군화 제조공장"이 일터라고 알고 갔지만, "총칼
앞 놀이판에/ 유카타 한 장의 이불"이 그들의 목숨을 치

욕으로 덮고 있었다. "연병장 한가운데" 박혀 있던 '말뚝'
에 목을 맨 한 소녀의 죽음을 조상弔喪하며 시인은 "언 발
이 짚어 내린 위안소 층층 계단"에서 돌아올 수 없는 길
을 떠난 이들을 깊이 기억하고 있다. "군대가 쏜 천 개 종
의 울음소리"를 따라 지금도 환청처럼 다가오는 "천 개의
별들과 만나 우는 죄 없는 밤"을 떠올리면서 시인은 말뚝
에 대한 처연한 기억을 완성하고 있다. 그렇게 "스스로 절
벽이 되어 흘러가는"(「목공木工」) 역사의 시간 속에서 시
인은 "허투루 보면 안 되는 햇빛 마음"(「요셉 무료 의원」)을
다시 불러 세우고 있는 것이다.

　이처럼 안규복의 시조는 선명한 공동체의 기억을 노래
해 간다. 이때 시인의 언어는 회감과 깨달음이라는 서정
시 특유의 원리를 통해 역사의 권역에 대한 인지적이고
정의적인 충격을 선사해 간다. 물론 이러한 의지가 우리
시조의 존재론을 다 설명할 수 있는 것은 아니지만, 그럼
에도 그녀는 가장 중요한 시적 경험으로서의 공동체적인
회감과 깨달음을 노래함으로써 우리 시조가 집체적 공감
을 함유할 수 있음을 명징하게 보여준다. 우리가 여전히
이러한 음역音域을 강조하는 까닭은, 그러한 회감과 깨달
음의 원리가 우리 모두를 가장 근원적이고 궁극적인 관

심으로 유도해 갈 것이기 때문이다.

7. 서정의 순간을 드러내는 뚜렷한 정형의 범례

결국 안규복의 시조는 삶과 사물에 대한 진중한 태도를 발화하는 과정을 통해 스스로의 세계를 완성해 간다. 존재론적 깨달음의 영역과 타자의 삶에 대한 사랑은 안규복 시조의 두 가지 축이 되어주었다. 또 하나 우리가 눈여겨보아야 할 것은 안규복 시조의 중요한 방법론이 역사에 대한 따뜻한 관찰에 있다는 사실일 것이다. 물론 시인이 역사를 관찰하는 과정은 불가피하게 주관의 착색을 입게 된다. 서정시에서 시인의 주관을 지운 채 역사 그 자체를 재현해 내는 것이 가능할 것 같지만, 그 안에는 시인의 경험과 해석이 반영되어 있는 경우가 많기 때문이다. 안규복 시조에서 시인의 시선이 중요한 까닭도 바로 여기에 있을 것이다. 우리의 관심을 사로잡은 작품들은 한결같이 이러한 시선의 깊이와 온기가 반영된 가편佳篇들이라고 해야 할 것이다.

지금까지 천천히 읽어왔듯이 안규복의 시조 미학은 다

양한 목소리와 어법으로 정형 미학의 첨예한 폭과 깊이를 아울러 보여준 것이었다. 함축과 절제를 본령으로 삼는 시조야말로 서정의 원형을 담아낼 수 있는 가장 맞춤한 그릇임을 그녀는 선명하게 입증해 주었다. 시인은 자신의 삶을 이루어왔던 시간들의 문양을 충실하게 재현하면서 그 안에 순간적이고 통일적인 인상을 구성해 내는 양식으로 시조를 택했던 것이다. 그렇게 완성된 시조 양식을 통해 안규복 시인은 삶의 순간적 충만함에 이르고자 하는 미학적 열망을 낱낱이 보여주었다. 난해성과 장광설로 가득한 우리 시대와 역주행하면서, 삶과 사물을 바라보는 투명한 시선을 통해 간결하고 산뜻한 서정의 순간을 드러내는 뚜렷한 정형의 범례範例를 이룬 것이다. 그래서 우리는 시조집 출간을 축하드리면서, 안규복 시인이 사랑의 마음과 역사의 기억을 완미하게 노래한 이번 시조집을 품고 넘어서면서, 더욱 커다란 미학적 진경進境으로 나아가기를 마음 깊이 희원해 보는 것이다.